inclassificável

MEL FRONCKOWIAK

INCLASSIFICÁVEL

Memórias da estrada

PREFÁCIO DE Dulce Maria

2º EDIÇÃO

RUBRA
EDITORA

Rio de Janeiro
2013

EDIÇÃO
Dênis Rubra
Natália Parreiras Rubra

REVISÃO
Mauro Siqueira

PROJETO GRÁFICO
Gabinete de Artes

FOTO
Roberta Dittz

DADOS INTERNACIONAIS DE CATALOGAÇÃO NA PUBLICAÇÃO (CIP)
(CÂMARA BRASILEIRA DO LIVRO, SP, BRASIL)

Fronckowiak, Mel
Inclassificável : memórias da estrada / Mel Fronckowiak. -2°ed.- Rio de Janeiro : Rubra Editora, 2013.

ISBN 978-85-67107-00-4

1. Atrizes - Brasil - Autobiografia 2. Fronckowiak, Mel, 1988 - 3. Memórias autobiográficas 4. Música popular 5. Rebeldes (Músicos pop) 6. Rebelde (Telenovela) I. Título.

13-07632 CDD - 781.6309

Texto revisado segundo o novo Acordo Ortográfico da Língua Portuguesa.

Impresso no Brasil
2013

Dedico este livro a ele que fez reviver a minha inspiração.
É por você que as palavras tomam coragem e preenchem
a minha vida mais do que as páginas em branco.

Agradeço a querida Nádia Bambirra, que me encorajou e foi a primeira leitora dos meus escritos.

Acreditei entender que, para me cuidar, preciso cuidar dos outros 'cuidáveis', os que podem ser salvos, em vez de ficar dando voltas porque não posso salvar os outros. Então, será que deveria ser médica? Ou escritora? É um pouco parecido, não é?

A elegância do ouriço, Muriel Barbery

PREFÁCIO Dulce Maria

Às vezes, neste meio, as pessoas acreditam que por estar na TV ou ser famoso, a sua vida é perfeitamente feliz...

E a única coisa que posso dizer é que isso é uma mentira... Ao menos na minha experiência, nos meus 22 anos de carreira, pude ver que nem a fama, o dinheiro, nem os luxos ou as coisas materiais te dão felicidade verdadeira, nem dão sentido à vida.

Conto isso porque no pouco tempo que pude conviver com Mel e conhecê-la, descobri que é das poucas pessoas, não somente desse meio, mas desta época, que ainda encontra a magia nos pequenos detalhes, que ainda está em contato com as suas emoções e que, apesar da fama e da facilidade que seria para uma jovem artista perder a cabeça e desgrudar os pés do chão, ainda conserva humildade e transparência para apreciar a beleza do mundo, da natureza, e o amor que move e mantém o mundo girando.

Nós duas estivemos em projetos similares, e é impressionante a intensidade, o reconhecimento e o amor do público, assim como os muitos sacrifícios que fazemos entre tanta pressão, excesso de trabalho e responsabilidades, mesmo que ainda tão novos, em função de produções de música e de TV. No meu caso, RBD foi uma experiência única, que não se repetirá, e agradeço infinitamente por tê-la vivido, mas confesso que não é fácil administrar tanto carinho das pessoas. De repente, você está em um estádio com milhares de pessoas gritando seu nome e poucas horas depois se encontra sozinha no seu quarto, com milhares de sentimentos desencontrados e mil emoções que, às vezes, não tem com quem compartilhar. É um desafio a sensação de que aquelas milhares de pessoas amam um personagem, e não necessariamente o ser humano, com suas virtudes e defeitos.

Por isto escrever foi a minha melhor terapia e a maneira de entrar em contato com o meu mundo interior, para não me perder pelo caminho da fama, que é tão prazeroso quanto desafiador, tão cheio de sucesso quanto solitário e tão real e efêmero ao mesmo tempo. No fim, aprendi que a única realidade que levamos sempre será o amor das pessoas, os aplausos, que são o alimento do artista e a recompensa de todo o esforço que, às vezes, nem imaginam que existe por trás das câmeras.

E a minha esperança é que tudo o que eu escrevo, as canções que canto e o trabalho que faço cheguem a tocar o coração das pessoas, porque a fama sai de moda, mas o que toca o coração se faz eterno.

Sou muito grata por ter te conhecido, Mel, e por escrever esta breve apresentação para o seu primeiro livro. Você é uma menina com uma grande beleza interior e sensibilidade, e estou certa de que este livro tocará muitos corações. Muitos se identificarão e desfrutarão ao ler suas experiências, sentimentos, emoções e sonhos que compartilha com a gente nas páginas seguintes.

Com todo o agradecimento para o meu povo do Brasil. Nunca deixem de serem vocês mesmos para agradar aos outros, não permitam que ninguém os faça sentir que não merecem o que querem. Nunca pensem que os seus sonhos são absurdos. O único autorizado a dizer se vale a pena ou não lutar pelo que se quer é você mesmo, e o único que sabe quando abandonar um sonho é o seu coração, porque ele compreende que Deus tem algo muito melhor preparado para cada um de nós.

Com todo meu amor,
Dulce Maria.

NO NOSSO ÔNIBUS

eu sentava perto da janela e abria levemente as cortinas para ver o mundo passar pelo vidro. Uma vez, andávamos pelas estradas mais secas do Nordeste do país. O sol começava a querer acordar, aquele dia com jeito de noite indo embora, e eu vi uma família. Dessas dignas de filme, numerosa, empoeirada, com as roupas desbotadas pelo passar do tempo e da miséria. Eles andavam corajosamente, com os filhos na garupa puxados pela mão, cansados de tanto seguir. E, enquanto eu tentava entender o que acontecia, o ônibus foi mais rápido do que a vida lá fora e eles ficaram para trás.

Pensei ser também para eles que mais tarde subiríamos no palco, eles que faziam parte desse país tão grande e tão cheio de diversidade, e percebi que, mesmo que eu já não pudesse mais vê-los, eles ainda estariam em mim. Também atravessando as estradas. Também partindo e tentando deixar uma vida para trás, na fé de quem não deixa de acreditar.

Foi nesse momento tão cheio de poesia entristecida que abri um caderninho e comecei a escrever.

Foi um jeito de gritar em silêncio para não acordar quem ainda dormia. Foi uma maneira de tentar não esquecer aquela família, uma entre tantas que buscam seu espaço no mundo.

O que eu percebi naquela estrada árida de ventos mornos é que além dos brilhos e das luzes que apresentávamos nos palcos, muita vida continuava a seguir a nossa volta. Muita vida continuava a viver entre a gente. Histórias paralelas, flagelos dos homens, causos curiosos e engraçados que uma rotina como essa proporciona.

Foram nesses acasos, sem pretensão ou tentativa de fazer muito sentido, que alguns fragmentos surgiram nos lugares que atravessamos. Da mesma forma, pedindo licença para contar aos sussurros, com a estrada a ninar as palavras, que apresento uma espécie de olho mágico desse período.

E os convido para, assim como nós embarcamos num mundo desconhecido e cheios de surpresa, aventurarem-se comigo nesta estrada de pura poesia.

ONDE A ESTRADA COMEÇA.

Éramos seis pessoas completamente diferentes, vindos de mundos distantes, com histórias de vida opostas. Cada um tentando trilhar o seu caminho, querendo trabalhar, precisando aprender, com o futuro tão incerto como qualquer um que tenha escolhido esta profissão. E de repente estávamos juntos.

Apostando num projeto que não tínhamos a menor ideia se daria certo. Dispostos a tentar de todas as formas, e sabendo que, se tudo corresse bem, muito trabalho viria pela frente.

Durante todo o processo de testes e de seleção, a gente olhava os outros tentando imaginar quem ficaria e, se ficássemos, quem seriam os cinco que dividiriam conosco esta jornada.

Esperamos e esperamos até que houvesse alguma resposta. Foram levas de testes, gente de todos os lugares do país, e o tempo parecia não passar. Como sempre parece quando estamos no outro lado da espera.

Lembro de chegar nos primeiros dias tomada de aftas. Tamanho era o nervoso, meu corpo deu sinais físicos, e de maneira diferente em cada um de nós.
A oficina começou e foram mais de três meses de aprendizado. Conduzida pelo professor, ator e diretor Roberto Bomtempo, aprendemos lições importantíssimas, não só em termos de atuação e de tom necessário para fazê-la caber na televisão, mas também sobre a vida.
Bomtempo nos ensinou, entre várias coisas, a não acreditar. Era sobre isso que falávamos quase todos os dias no final de um árduo trabalho que nos tomava as manhãs e as tardes: **Não deixar que as luzes dos holofotes, que provavelmente conheceríamos, ofuscassem quem a gente era de verdade.**

E, sempre com esse ideal, conversávamos sobre a vida e os caminhos que ela pode tomar, de acordo com as nossas decisões. Bomtempo foi uma âncora muito importante no início deste processo. Acho que no fundo ele sabia, muito mais do que a gente, o que estava por vir.

As aulas eram divididas em interpretação, expressão corporal e aula de voz. E não eram raras as vezes em que os grandes pais desse projeto invadiam o estúdio C e os *pro tools* de gravação, para espiar o nosso aprendizado. Ivan Zettel, Nádia Bambirra, Gilvan Guimarães, Mariana Baffa, Fernando Rancoleta, sr. Iran, sr. Lucilo, Margareth Boury, Alan, Paty, Gabi e muitos outros que torciam pelo projeto, porque acreditavam nele e o tinham visto nascer.

A gente foi crescendo, se conhecendo, entendendo os nossos e os limites dos outros, evoluindo como artistas e também como pessoas. Nessa época, era tudo bem mais difícil. Lembro-me de que as primeiras reuniões dos seis eram de acordo com o nosso orçamento e, de uma maneira simples como as dificuldades sugerem, ficávamos bastante satisfeitos com macarronada ao molho de atum e algumas bebidas geladas.

Não demorou muito para que a oficina acabasse. E, quase no final dela, ficarmos sabendo quais personagens seríamos (O que esteve em segredo por bastante tempo).
As gravações começaram, as participações em programas também, e, como havíamos imaginado, o nosso tempo fora da emissora e ao lado da nossa família se reduziu a praticamente nenhum. Tudo isso somado ainda a expectativa da estreia. Nós esperávamos que fosse um sucesso, torcíamos por isso, mas ninguém tinha a menor ideia do que de fato aconteceria.
O primeiro capítulo da novela foi ao ar em março de 2011, reuniu-se o elenco, os idealizadores, toda a direção e produção numa casa noturna, e teve ótimos índices de audiência. Todos come-

moraram, era mais do que uma vitória da empresa, era uma satisfação pessoal para todos (inclusive para os seis) que acreditaram no projeto e colocaram nele os seus maiores esforços.

Só não sabíamos é que era apenas o começo das muitas vitórias que teríamos com *Rebelde*. Não tardou para começarem os preparativos do CD e os ensaios para o show. Foi tudo muito apertado entre as gravações. Gravamos as músicas em São Paulo aos sábados e domingos e, enquanto cada um fazia a sua parte no *aquário* do estúdio Midas, os outros cinco dormiam atirados nos sofás e no tapete da sala de espera.

Aliás, essa foi uma habilidade desenvolvida ao longo desses anos. A gente dormia em qualquer lugar. Nos tapetes dos camarins esperando a hora de gravar, nas cadeiras de maquiagem enquanto nos maquiavam e nos estúdios. Se porventura algum problema nos fazia esperar, dormíamos debaixo das mesas de guloseimas antes dos shows, em sofás, carros, vans e aviões. E até em ombros de estranhos a gente às vezes escorava o nosso cansaço.

Foi um período em que remédios para dormir e remédios para ficarmos acordados faziam parte da nossa dieta, na qual a saúde nem podia pensar em dar indícios de fragilidade, e comer vinha depois de conseguirmos cumprir o plano de gravação.

Não eram poucas as manobras que a produção e a nossa querida Nádia faziam para que a gente pudesse almoçar e lanchar à tarde. A gente comia quentinha no caminho dos aeroportos e pães de queijo entravam clandestinamente no estúdio para amenizar a nossa fome. Um preço a pagar pelo sucesso da novela e por termos sido protagonistas conjuntamente.

Dificilmente não estávamos os seis em cena e, quando estávamos, gravávamos muito nos cenários individuais. Casa de um, quarto de outro. A gente ralava bastante e, até como uma forma de segurar a onda, nos divertíamos muito também.

A equipe, e nela estão incluídos os grandes pilares de uma televisão, como os câmeras, os *cabo-man*, os contrarregras, os operadores de áudio e de *bum*, as maquiadoras, as cabeleireiras, as camareiras, os assistentes de estúdio, de direção e de figurino, as continuístas, o diretor de imagem, o operador de vídeo, a produção, o diretor de fotografia e seus assistentes, equipe de arte e de cenografia, pessoal da limpeza, sem falar nos diretores, tiveram muita paciência conosco. Eram ataques de riso (umas das coisas que mais sinto saudade é de me divertir com eles) intermináveis e muitas brincadeiras ao longo do dia.

Nunca tivemos a intenção de faltar ao respeito com ninguém, mas não eram poucas as vezes em que toda a equipe mudava, em função do número de horas trabalhadas, e nós continuávamos lá, abrindo e fechando o estúdio. Correndo de um para o outro, vindo das externas que começavam logo cedo e se estendendo até as noturnas, madrugada a dentro. Era uma forma de conseguirmos aguentar o tranco. Dando risada, brincando uns com os outros, tentando entreter o nosso cansaço.

Não podemos ignorar que nossa vida melhorou muito quando Gil, o melhor produtor executivo de todos os tempos, voltou para a novela e nos garantiu até algumas segundas-feiras de folga, evitando que chegássemos a um colapso coletivo.

A verdade é que em pouco tempo seis pessoas muito jovens tiveram suas vidas muito mudadas. Houve períodos em que entrávamos e saíamos pelos portões alternativos da emissora. Os nossos carros foram amassados e arranhados, e até fãs que se jogavam na nossa chegada se machucaram nesta febre que a novela se tornou.

Eles nos esperavam nos aeroportos e, em certo período, não era mais possível embarcar sem a presença de seguranças para conter a agitação. Invadiam hoteis, ligavam para os nossos quartos e para as nossas casas de madrugada. Descobriam o número do telefone celular e até o nosso endereço. Faziam filas dias antes dos shows e cantavam na rua dos hoteis, não deixando que pudéssemos dormir. Era um carinho e um amor sem tamanho. Incondicional e, muitas vezes, unilateral, porque mesmo que quiséssemos corresponder não havia tempo nem condições para isso. A multidão toma uma proporção irracional e, como trabalhávamos com crianças, nossa equipe de segurança era rigorosa para não colocar ninguém em risco.

Ao mesmo tempo, sabíamos que era só por eles que estávamos ali, e era todo aquele carinho e calor humano que nos alimentava, que fazia com que driblássemos o cansaço e que transformava cada show num momento de troca única e revigorante. Acho que nunca vamos conseguir agradecer essa resposta do público, nunca vamos corresponder na mesma medida.

No meio dos shows, algumas pessoas passavam mal e a gente tinha a maior preocupação de querer saber nas coxias se eles estavam bem. E nada é mais mágico do que entender no olhar dos outros, molhado de emoção por estarmos juntos, o carinho que esse público tinha por nós.

A turnê mal começou e ganhamos discos de ouro e platina. Os CDs, os pôsteres, todos os produtos vendiam de maneira surpreendente, e a nossa agenda era lotada de shows. Nessa época, gravávamos de segunda a quinta-feira no Rio de Janeiro e, na mesma quinta à noite, íamos direto para o aeroporto. Os shows aconteciam de sexta a domingo, na segunda voltávamos diretamente para a Record. Dormíamos em nossas casas apenas nas noites de segunda, terça e quarta, e malhávamos às seis da manhã quando era possível acordar.

Foi assim que rodamos o país: Gravando e fazendo shows freneticamente, estudando as cenas nos aviões e depois, quando chegou o nosso ônibus, nas estradas embaladas pelas noites escuras. A gente entrava e saía de uma cidade em menos de vinte horas. Foram poucas as vezes em que foi possível conhecer algo, respirar os ares locais, ver as pessoas nas ruas.

Normalmente, a gente simplesmente ia embora. **Quantas vezes partimos, partimos de nós mesmos, partimos para nós mesmos. Nesses encontros desencontrados que a estrada proporciona.** Nesse jeito de conhecermos as cidades através das vias que levam até elas e das pessoas que ruminam os caminhos na paciência andarilha de quem sabe que um dia vai chegar.

Eram horas e horas no escuro e, às vezes, enquanto todos dormiam, a solidão apunhalava os que perdiam o sono. Era tanta loucura, tantas viagens, tantas mil pessoas nos assistindo que, não eram poucos os momentos, nos sentíamos sozinhos. E fomos percebendo nessa grande caminhada que assim estávamos. Cada um desacompanhado da sua história, da sua família, tão distante das raízes.

O que entendemos, e esta é uma grande lição da vida, é que no final somos a gente com a gente mesmo. Ninguém mais habita os nossos medos e as nossas dores. E era no meio de tantos acontecimentos que a estrada escurecia, a nossa volta silenciava e lá estávamos com as nossas sombras e as nossas luzes. **A solidão mora ao lado do caos. Estar só não significa não estar com ninguém.**

UM LABIRINTO DE CORREDORES E POSSIBILIDADES,

gentes e mais gentes que se movimentavam fazendo funcionar a engrenagem de uma grande empresa. Depois de dar algumas voltas, de me perder várias vezes e pedir informações, lá estava eu. No estúdio D, onde a segunda peneira dos testes para a novela acontecia. O clima era diferente. A coisa parecia mais séria. Pessoas amigáveis se identificavam com o nervosismo da situação e outras que não se identificavam nem com a própria condição humana (testes são uma reunião formidável de tipos sem coração) se apertavam nos corredores esperando a sua vez. E, aos poucos, éramos chamados por meninas simpáticas e muito eficientes que depois vieram a ser uma espécie de "terapeutas produtoras" (eu ainda acho que a produção de telenovelas é formada em psicologia, mas mantém isso em segredo).

E, de repente, chegou a minha vez. Era hora de passar no figurino, depois fazer cabelo e maquiagem, e ficar numa outra fila: A dos "quase prontos". A sala era uma bagunça organizada com roupinhas espalhadas nos sofás. Saias rodadas e camisetes brancas, acompanhando gravatas e botinhas que compunham um esboço do *look* rebelde que usamos durante mais de dois anos.

E então eu conheci Mariana, um anjo que impunha respeito de leoa (foi assim que a apelidamos um pouco mais tarde). Mariana corria de um lado para o outro, sempre muito rápida, com seu andar de bailarina. Dava ordens aqui, pregava botões lá, de uma forma que parecia que aquela bagunça só andava por causa dela. Mariana me vestiu, escolheu a camisa, pediu para trocar a saia, me ofereceu duas opções de botas e deu o nó na minha gravata. Quando chegamos nos acessórios, ela mesma pôs o brinco na minha orelha com uma habilidade que nem eu tenho e pediu que eu escolhesse alguns aneis.

"Veja qual você prefere", disse. "Mas evite os maiores. Gosto de tudo mais delicado com essa roupa". Eu fiquei um tempo trocando eles de dedo, experimentei um, depois outro. Corri do anelar até o dedão e nada. "Meus dedos são muito finos", eu falei. "Tenho mãos de criança. Será que você teria uma fita adesiva para que eu faça uma espécie de calço? Já usei uma vez num trabalho. Por baixo fica estranho, mas funciona".

Mariana me olhou bem fundo. Tinha alguma certeza estranha naquele olhar. Depois, analisou as minhas mãos e concordou: "É, são pequenas mesmo. Engraçado, porque você é alta".

Foi então que ela tirou do próprio dedão uma aliancinha de brilhantes. Tinha cara de ser preciosa, talvez até de algum valor sentimental, e colocou no mesmo dedo em mim. Eu relutei, disse que não poderia usá-lo, que era dela. "Não, Mariana, por favor! Eu faço o teste sem anel".

Ela não titubeou. Colocou no meu dedo e apertou a minha mão. Me olhou de novo e disse: "Ninguém aqui faz teste sem anel. Boa sorte pra você".

Eu sai de lá sem entender direito o que acontecia. Perguntei para umas das meninas quem ela era, uma de olhos grandes e azuis, e ela respondeu: "A Mari? É a figurinista de *Rebelde*, uma das melhores da casa."

Depois disso, passei na maquiagem e no cabelo, um clima ainda um pouco ríspido, das meninas que depois fui conhecer tão bem; aquela sala de maquiagem, o refúgio dos dias longos. Cadeiras com encostos para o pescoço embalaram muito os nossos sonos nos dias de cansaço. As gargalhadas ecoavam ali dentro. Nos segredos e nas intimidades que só são possíveis numa sala como aquela. Entrei e fiz o teste. Tinha a parte de canto e a parte de atuação.

Eu estava nervosa, a voz não saía direito, o coração batia tão forte que eu podia jurar que todos conseguiam ouvir.

Nosso diretor, Ivan, conduzia as etapas nos direcionando à medida do que ele precisava, com o dom que ele tem de aos poucos deixar as pessoas à vontade. De repente, tinha terminado. Mandaram que eu saísse, agradeci e parti. Tinha que encontrar Mariana, devolver a aliança e agradecer. Afinal, foi ela, aquela aliancinha de brilhantes, que eu segurei durante todo o teste, rodando o anelzinho no dedo, na tentativa de conter o nervosismo. E só quem já passou por isso sabe como é bom numa hora dessas ter onde colocar as mãos.

Nunca vou esquecer esse dia. Saí da Record com aquele receio natural: Será que eu fui bem? Será que gostaram? Mas meu dia tinha valido, tinha encontrado pessoas que me confortaram, olhos que me deram segurança, vozes que me acalmaram e conheci pessoas incríveis. Daquelas que a gente deseja que não apenas passem em nossa vida, mas fiquem para que possamos aprender com elas. Eu mal sabia que todos eles estariam próximos pelos três anos seguintes, comemorando comigo três aniversários. Fazendo parte dos momentos bons e daqueles para esquecer. Eu mal sabia que seguraria tantas outras vezes naquela aliança, nas mãos da Mari, nossa grande protetora, que sempre esteve conosco e sempre nos ajudou. **Eu mal sabia que já fazia parte daquilo tudo e, quando parti, deixava pra trás, com meus receios e com as minhas esperanças, o que seria o meu futuro.**

"CORTA",

falava o diretor diretamente do *switter*, e depois complementava: "Estou indo até aí." Era a primeira cena gravada da novela com os seis juntos. O cenário inicial, o *loft* do professor Vicente, montado para as gravações, recebia esse primeiro encontro, que depois originaria os caminhos percorridos pelo grupo até formar uma banda. Estávamos sentados nos dois sofás em L que compunham a cena e falávamos de coisas outras, esperando Ivan Zettel entrar no estúdio.

Ele entrou naquele tempo dele, que sempre faz parecer que a vida nos pertence, e sentou do nosso lado, como costumava fazer. Ivan – mais que um diretor – sempre esteve por perto como nosso amigo, e era nesse lugar (palavra muito presente no seu vocabulário) que as coisas funcionavam entre nós. Lembro de ouvir uma vez, numa das longas tardes de gravação, a sua opinião sobre os encontros:

"Alguns encontros são só reuniões de duas ou mais pessoas. Outros são encontros de alma ou reencontros, desses que a gente já sabia que um dia iriam acontecer." Ivan sempre tinha tempo para ouvir e para falar, mesmo que isso às vezes atrasasse o planejamento do estúdio, o que ele não entendia como atraso, mas como parte importante do processo de aprendizado que os seres humanos sempre têm uns com os outros.

E foi assim que aprendemos a respeitá-lo, através do respeito que ele tinha por cada um de nós, nos tratando como indivíduos e não apenas como um grupo. Nesse dia, porém, Ivan parecia preocupado. Entrou, sentou e esperou o nosso silêncio. "Não é exatamente um problema", ele disse, "mas fiquei observando a cena e vi que tinha algo errado. Tem intimidade demais. Na novela, esse é o primeiro encontro dos seis e vocês conduziram a cena com os quatro meses intensos de convivência imprimindo." Isso aconteceu em dezembro de 2011 e nós nos conhecíamos desde agosto, quando começamos a oficina com Roberto Bomtempo. Oficina que criou uma unidade entre os seis que vinham de caminhos muito diferentes. A gente achou engraçado. Então éramos mais amigos do que precisava parecer. De fato, as aulas de interpretação, canto e expressão corporal tinham surtido efeito, e o grupo estava entrosado.

Ivan falou cheio de cuidados, pedindo que não perdêssemos aquilo, era apenas para deixar guardado para quando fosse preciso. Depois disse que gravaria novamente e se dirigiu para a porta do estúdio. Repetimos a cena, um pouco mais distantes, mas com o frescor que ele queria.

Estávamos começando, era preciso achar o tom. Afinal, dizem que os encontros de alma são assim. Parece que já conhecemos há anos pessoas que acabam de cruzar as nossas vidas.

Era de manhãzinha, o sol se espreguiçava nas nuvens com seus dedos pintados de manhã. A gente ia estrada afora com o orvalho se despedindo e deixando tudo mais verde.

Teve uma hora que tudo ficou mais lento, acho que são aqueles momentos em que a vida estanca por segundos pra que a dor possa chorar baixinho. O ônibus quase parou, foi pedindo licença para passar naquela estrada marcada com a tristeza do destino. Fui ouvindo uma gritaria, uma sirene abafada, uma dor suspensa na estrada cinza.

E eu quase podia ouvir, ao ver o choro soluçado, aquele caminhoneiro sentado no acostamento. Mãos na cabeça, escoradas nos fios brancos, denunciando histórias vividas, histórias viajadas.

O corpo abandonado, a tristeza estabelecida, o peito que subia e descia no ritmo de quem sofre. Ninguém parou, quase ninguém acordou, quase nada aconteceu. Ainda pude olhar para trás, tudo ficando menorzinho, tudo deixado para lá, a vida flutuando, voando, perdida sem o chão para se agarrar.

Alguém se foi? Quem foi? Quantos sonhos levava na alma, quantos filhos deixava no mundo? Quem teve culpa? Tem culpa? Quem vai levar para sempre a dor de ter apagado o sopro da vida?

A verdade é que a estrada, silenciosa, compartilha dores e despedidas. Compartilha partidas e reencontros, possibilita sonhos. É a sina de levar e trazer, de nada falar, de não poder chorar. É a sina de não poder abraçar sem braços nem pegar no colo as dores do mundo.

CHEGAMOS LOGO CEDO NA CIDADE,

alguns fãs nos esperavam no aeroporto, outros no saguão do hotel. Tiramos fotos, demos autógrafos. Tudo ainda muito novo para a maioria de nós.

A gente foi direto para o café da manhã. Todo mundo fazendo de conta que tinha fome quando, na verdade, o estômago já revirava de tanto nervosismo. A capital gaúcha, Porto Alegre, nos recebeu com discrição, como (e me perdoem a pincelada de bairrismo) é de costume por lá. O hotel tinha pão de mel na cama, e batia um sol na janela, cor de primavera ainda geladinha. Através dela dava pra ver um pouco das cores do dia. Uma palheta avermelhada de quem tem medo misturado com ansiedade.

Não tínhamos ideia do que nos aguardava. **Perguntávamos com frequência a quantidade de ingressos vendidos. Parecia impossível lotar uma casa de shows com cinco mil pessoas.** Para mim particularmente era tudo muito especial. Show em casa, o primeiro deles. E o que me assustava não eram as 4.500 pessoas restantes, mas os provavelmente 500 (sim, a família e a família dos amigos é grande e a minha mãe uma nata produtora de eventos) conhecidos meus que estariam lá.

O tempo voou naquela tarde. Passagem de som, maquiagem e cabelo para as meninas; aquecer a voz, atender a imprensa, receber os convidados e, de repente, era hora de colocar o figurino, pois o show não tardaria a começar.

A gente tremia, uns acalmavam os outros, pouco se falava. Era um jeito calado de compartilhar aquele momento, um jeito de perceber o que se passava, não era preciso dizer muito.

Tem horas que o silêncio é um livro de possibilidades. Nada diz mais do que um silêncio preenchido, esse rio que corre cheio de segredos submersos que é de fato onde podemos nos esconder do mundo e nos refugiar no lado de dentro.

E lá estávamos nós: Os seis. Os seis que andavam juntos já há algum tempo e que agora começavam os primeiros passos de uma longa estrada que percorreríamos ao longo dos próximos anos. Estávamos dando a partida, começando a jornada em um caminho ainda enevoado e desconhecido. E começávamos de mãos dadas, fazendo a nossa roda que antecedeu todos os shows até o final da turnê.

Nela não havia diferenças, nem momentos ruins. Era naquela cerimônia simples que nos certificávamos de que éramos um grupo, de que tínhamos uns aos outros e que, no palco, sempre que um precisasse, os outros cinco estariam por perto. Era de mãos dadas que os nossos olhos se esbarravam e foi com essa força selada que subimos pela primeira vez nos palcos.

As luzes apagadas, a banda a postos e, depois da introdução, as cortinas escorreram e nós entramos, juntos, com as pernas um pouco bambas, a visão atrapalhada pela felicidade que insistia em correr pelo rosto.

Demorou um pouco para que pudéssemos nos ouvir. Até então os ensaios ocorriam sem público algum e, naquele momento, **cinco mil pessoas cantavam com a gente. (E devo confessar que quando a voz falhava de tanto espanto, eles cantavam por nós,)** num coro apaixonado e emocionante que fez com que começássemos a entender o tamanho do que estava por vir.

Foram quase duas horas passadas sem perceber. O show terminou, nós nos despedimos e, no abraço final, formamos uma nova roda e desabamos, cada um dentro do seu tamanho, a fragilidade disfarçada pelas luzes e pelos brilhos. Sabíamos que tínhamos conseguido, que mesmo com pouco tempo de ensaio, entre a loucura das gravações, tínhamos ido até o fim. As pessoas nos aplaudiam e nós retribuíamos.

Todo mundo sem acreditar direito no que estava acontecendo. Era longa a caminhada pela frente, muitas coisas para melhorar, infinitas para aprender. **Mas naquela noite éramos gigantes. Porque a gente não voltava mais pra casa sozinho. A gente voltava com o cansaço, com o aprendizado, com o carinho do público e com a certeza de que estávamos apenas começando.**

UM DOS PRIMEIROS SHOWS QUE FIZEMOS FOI EM SALVADOR;

lembro-me quando a produção anunciou que faríamos num local com capacidade para vinte mil pessoas. Se já achávamos cinco mil um número difícil, quando soubemos que quatro vezes isso era a nossa meta na capital baiana, confesso que ficamos com medo.

Nessa época ainda tínhamos direito a acompanhantes nas viagens (o que durou muito pouco, principalmente depois da chegada do ônibus que tinha os lugares praticamente contados).

E foi durante uma noturna, a cena gravada era entre Roberta e Diego, que acontecia numa barraca em uma noite chuvosa, onde Lua e Arthur tiveram a ideia de levar a nossa galera do Rio.

Ligações para cá, acertos para lá e dois dias depois estávamos todos num resort à beira-mar, na viagem mais familiar que fizemos ao longo desse período. Talvez no fundo habitasse na gente um pouco de medo, e levamos alguns daqueles que tiveram sempre de mãos dadas conosco desde o princípio.

Foi assim que Ivan e sua esposa Cláudia, Nádia, Gilvan, Patrícia, Alan e sua Débora estiveram em um dos maiores shows que já fizemos. Passamos uma manhã ensolarada à beira da piscina, comendo camarões, acarajé e tomando água de côco, numa mega mordomia, que só lugares com uma beleza natural tão exuberante são capazes de proporcionar.

O que acontecia geralmente é que chegávamos nas cidades ainda sonâmbulos por viajarmos sempre logo de manhã cedinho, fechávamos as cortinas (e um bom tampão de ouvido nessa hora faz toda a diferença) e dormíamos até a hora de almoçar e começar os preparativos para o show.

Dessa vez foi diferente. Tínhamos visita, e dessas que dá vontade de trancar a porta de casa para que eles nunca mais possam partir. Nosso diretor-geral, primeira assistente, produtor executivo e uma parte da nossa produção estavam lá. E a gente se divertia, relembrando como tudo começou e como os caminhos tinham corrido até os shows lotados que vínhamos fazendo.

Mais tarde começamos os preparativos e seguimos todos juntos para a passagem de som. Era um lugar lindo, aberto, com uma brisa morna que batia no rosto, tudo azul e ainda vazio só preenchido pelos gritos de quem já esperava há dias do lado de fora. Quando o show começou, parecia que o tempo tinha sido suspenso para nós. Muitos artistas falam sobre o que significa fazer show em Salvador, mas a gente só entende (aliás como tudo nessa vida) quando sentimos na pele.

Não parecia que nos apresentávamos para vinte mil pessoas, parecia que todos eles festejavam com a gente, como se o palco tivesse se invertido e o espetáculo mesmo viesse da plateia.

Salvador tem cheiro de história, a arquitetura e a culinária tão ricas das nossas origens, o povo nas ruas com a cor daqueles que construíram de fato o nosso país e que trouxeram, generosamente, as crenças e a esperança que ainda carregamos. O céu era riscado por um pôr do sol alaranjado, as cores de vida se refletindo em nossos rostos.

O espaço lotado, a energia das pessoas contagiando e, durante todo o show, se porventura tivéssemos medo, era só olhar para o lado. Lá escondidos nas coxias, cantando todas as músicas, estavam eles, parte da nossa "família" nessa jornada. Nossa família de estrada que, como pais de verdade, nos encorajavam para que seguíssemos sós. Olhavam-nos com a emoção de quem ama e por amar deixa seguir.

E foi assim que seguimos, por muitos e muitos palcos depois. Sempre sabendo que, se nos faltasse coragem (e muitas vezes quase faltou), era só olhar para o mesmo lado que eles estariam, onde fosse, torcendo por nós.

Os ventos que sopram no extremo Nordeste do país são quentes.

Ventos em fogo, ventos que misturam suores, que levam histórias e segredos sussurrados, ventos que secam a terra e a esperança de quem dos sertões é prisioneiro.

Os ventos daqui não ventam, choramingam em silêncio com o corpo ardente de quem tem sede de partir. Ventos de quem sente saudade. Ventos-murmúrios por quem já se foi.

Brisas esquecidas. Que nem mais se lembram que podem voar. Será que são prisioneiras na sua própria história? Será que queriam noutro lugar ventar? Será que se apequenam nas madrugadas de solitude? Será que ventam? Será?

O vento foi feito pra misturar a poeira do mundo e grudar os cabelos nos lábios de quem tem outro alguém pra retirá-los. E a Lua, a Lua cheia, é encomenda dos amantes para iluminar as noites compartilhadas e a esperança de quem deseja com a força das ventanias. Porque mesmo que o sopro do vento não tremule uma bandeira, a ventania do desejo pode derrubar distâncias.

NO PALCO DE JOÃO PESSOA,

fazia tanto calor que uma hora as águas que eram pra gente beber viraram armas de uma guerra molhada, para o desespero dos técnicos de som e dos bailarinos que quase escorregavam.

Mas a gente só queria se refrescar e dar risada, só queria ser criança no meio dessa vida séria. E foram garrafas e mais garrafas de munição. A água indo para o público. Convidando todos para brincar com a gente. Acabamos no chão, exaustos, molhados e felizes.

Depois, chegamos ao hotel e o espelho do elevador mostrava a dura realidade: Todos imundos, com o cabelo esquisito, as roupas encharcadas. As meninas com o rímel fazendo desenhos pretos no rosto. E gargalhamos, choramos de rir. Todos juntos, achando graça da nossa forma de se divertir com tão pouco.

Achando graça de poder esquecer as convenções e as etiquetas. Cada um no seu quarto, banho quente e malas feitas. **Em breve seria hora de partir novamente, mas a gente levava a leveza do show com a gente e deixava um pouco do que somos na memória molhada dos meninos e meninas que brincaram conosco de chuva.**

MACEIÓ NOS RECEBEU

com um mar gigante na janela. Feroz, intenso, com esse jeito que as águas (não só elas) têm de se entender violentamente nos encontros. Dentro dele, surfistas tentavam compreender o sentido das ondas. Pontinhos pertencentes que sabem tão bem dançar a dança que as correntezas impõem.

Eu fiquei olhando aquela imensidão de longe. Menina espantada com a grandeza do mundo, pensando que pequenos somos dentro da gigante vida. Fazia um bom tempo que não fazíamos um show, o que nos deixou num estado de saudades com vontade. Numa gana de devolver a alegria que recebemos em cada palco que pisamos.

E na volta lá estava ele, suas águas anoitecidas, com os mistérios escurecidos pela noite, nos devorando, nos chamando para sermos juntos. E fomos. Do nosso jeito, resguardados das ondas e de seus segredos. Secos por fora, mesmo que tão cheios de água por dentro. Todos reunidos num quarto pequeno perto do nosso barulho. Rindo e dividindo histórias, com a maquiagem borrada e os rostos cansados de noite chegada ao fim.

Cantamos e dançamos e deixamos o tempo correr sem correr junto com ele. Nesse momento, o mar canta lá fora e a gente dedilha, tentando achar o tom (estamos sempre tentando encontrá-lo). Amanhã o Nordeste nos espera novamente, temos estrada pela frente e mais um show em João pessoa.

Mas, no fundo, sabemos que de certa forma estamos indo de volta para casa. Para nossa casa, essa que vai com a gente em cada canto que pedimos licença pra visitar e para ir embora, nessa nostálgica turnê de despedida.

FAZIA UM DIA DE SOL em Recife. Desses que dá vontade de agradecer à beleza do mundo. Chegamos perto do almoço, viemos todos dormindo no ônibus, a estrada embalando o nosso aconchego. O hotel era de frente para o mar. E o mesmo mar que parecia tão bruto em Maceió, em Recife, era uma piscina do azul esverdeado mais verdadeiro nos convidando para lavar as nossas dores e mergulhar a nossa alma nesse infinito de água salgada. E lá fomos nós. Seis crianças de férias, excitadas com a ideia de colocar os pés na areia. Passando protetor uns nos outros e desejando que pudéssemos ter um pouco de sossego. Antes, foi preciso que os seguranças pedissem a alguns pais que parassem de nos seguir. Não era falta de carinho com as crianças que nos admiram, era só um pouco de vontade de sermos nós. De estarmos resguardados com os nossos segredos e imaginar que podemos ser e fazer qualquer coisa sem que nenhum *flash* distorcesse a nossa rara privacidade.

O caminho até a praia foi longo e dava pra respirar um pouco dos ares áridos da cidade. Calor, muito calor. Poeira e grama seca ilustravam a moldura daquela sexta-feira. Tinha coqueiros, pessoas de bicicleta debaixo do sol escaldante, vaquinhas procuravam um pouco de mato verde com a paciência que faz delas bichos, com o silêncio de não poder nos falar. **E lá estava a praia nos deixando mudos de beleza. Dava uma paz tão grande que parecia de mentira. A água transparente, uma paz reconfortante, barquinhos pesqueiros eram reis neste palácio das águas.** A gente foi seguindo para o mar, uma brisa doce abrindo os nossos sorrisos. E corremos todos, gritando e brincando sem vergonha do jeito desajeitado de correr nas águas. O mar era quente e salgado feito chuva de dentro. E nós nos sentimos doces e livres, a cumplicidade de quem a vida colocou junto. A cumplicidade de quem acaba sendo tudo quando a distância dos que amamos lateja de tão presente.

Eu sempre sento perto da janela. E abro uma fresta nas cortinas para ver o mundo passando. As listras de luzes que escorrem pelos nossos corpos adormecidos, as casas, o caminhar das pessoas que sempre deixamos para trás. Tudo lá fora parece ter tanta pressa quando na verdade somos nós que não podemos parar. E também vou com meu celular na mão, porque tem dias que as palavras precisam sair e não me deixam fechar os olhos. O que gera alguns leves desentendimentos. Afinal, a combinação fresta com luzes do mundo e celular com luzes da tecnologia tira o sono dos que precisam de escuro. E nem adianta tentar explicar da maneira mais poética que consigo, que eu preciso dessas luzes, que eu preciso ver o mundo passar e respirar um pouco da vida lá fora e blá-blá-blá (meras desculpas para quem leva na genética ocular miopia e astigmatismo) porque o cansaço, somado à intimidade, é inimigo número um da sensibilidade.

Enfim. O fato é que na maioria das vezes eu espero que todos durmam e depois vou bem devagar deixando a fresta maior e acomodando as palavras impacientes. Mas hoje chove, o céu chora lá fora, aguando o mundo e os que perdem o sono com isso não se importam com um pouco de luz (afinal, a escuridão molhada já é suficientemente negra).

SOMOS MENINAS NA VARANDA,

falando de coisas nossas, mais cor de vermelho do que cor de rosa. Dando risos abafados e dividindo intimidades e histórias desse jeito que só as mulheres sabem fazer sem nem enrubescerem.

Estamos cansadas, com o resto de maquiagem borrada no rosto, a roupa ainda do show. Uma mistura de suor e de vontade de voltar. E de repente o corpo pede conforto e sentamos no chão. Cada uma com a sua vida vivida e os sonhos do que está por vir. As pernas se cruzando assim com as nossas histórias.

Rio que corre em três córregos e permeia margens tão diferentes que acabam refletindo anseios mútuos. São os opostos que convergem na nossa caminhada. Faz-se um silêncio, rara pausa entre mulheres de quem parece que esvaziou, e vimos ao longe o céu se iluminando, estrelas coloridas sobre vidas adormecidas.

São fogos no céu de Goiânia. Eles beijam os prédios, chovendo luzes por entre as brechas. E dizem enfeitando a cidade que a noite é de quem consegue ver as cores.

Daqueles que tem amor dilatado nas pupilas. E transformam fogos em pedaços de saudades. Em lágrimas coloridas de quem longe queria estar por perto. De quem longe tem por quem voltar.

Meninas mulheres descobrindo a vida, o amor e as tristezas que ele também traz. Meninas pequenas que têm de ser grandes e se aconchegam umas nas outras num chão de varanda desconhecida. Que olham os fogos ao longe e deixam que eles acendam aquilo que queima por dentro.

Em algum lugar na cidade essa noite tem festa, assim como tem festa dentro de cada uma de nós.

SÃO SEIS DA MANHÃ EM VITÓRIA,

e estamos acordados já faz mais de uma hora. Ontem tivemos o último show na cidade do Chay e partimos cedo para Brasília, pois hoje é noite de despedida lá também. Vamos todos silenciosos, cada um no seu tempo matinal. Acordando, entendendo aos poucos o que está acontecendo. Querendo chegar logo para poder dormir de novo.

Uns fizeram música pela madrugada nos cantos da capital capixaba, outros ficaram com as suas dores e alguns procuraram nos lençois o pedaço que sempre falta quando a distância semeia saudades.

Mas vamos neste dia também despertando e de repente a van pega a avenida Dante Michelini, o caminho da praia, e lá está ele, menino sol, tão cheio de luz, tão cheio de vida logo pela manhã.

Fosse gente seria desses falantes, que já acorda movimentando a vida e as pessoas que estão na sua volta. Lá estava ele nos chamando para o seu calor.

E fez-se um silêncio, um silêncio de olhos apertados e voz embargada de vida que acabou de começar. E todos nos aninhamos nas janelas.

Querendo pegar um pouco de calor da vida. Desejando que o sol nunca deixe de nascer e compreendendo que seguir, assim como chegar e logo partir das cidades que nos recebem, é a nossa doce sina nessa vida de despedidas.

VOAR.

Voar e ser espera, com o tempo dos céus que tapa os ouvidos, que nos afasta dos pés fincados do chão. Voar e dormir de cansaço, de excesso de memórias e de engarrafamentos de vontade. Aqui nos céus nós somos inocentes e corajosos. Aqui nos céus nós sussurramos as vontades para Deus.

Ombros e confortos, bocas e cheiros. Nada mais nos torna estranhos. Nada mais nos faz distantes, mesmo que o tempo nos leve para longe.

Divulgamos o DVD, falamos de término e de futuro, de planos que virão, de outros que foram embora. Belém embalando nossas histórias e nossos projetos. Gritarias deixando rastros no mural das memórias. Tenho muito medo de ficar nua sem esse amor desenfreado, tenho medo de esquecer o silêncio nesse barulho sincronizado.

Mas por enquanto somos sonhos e cansaço. Somos medo e coragem, vontade e covardia de seguir. E o amanhã quem nos garante? E o depois quem nos conforta?

Dormem. Os meninos dormem o sono da inquietude, os meninos dormem pra esquecer a rebeldia. E o sono vai servindo de coragem, de medo e de bobagem. Afinal, nada nunca foi preciso, nada nunca foi escrito, nada nunca foi nosso, a não ser a dúvida que nos embala desde sempre. Que ela guie os nossos passos, que ela sempre deixe aquele medo de viver. Que ela nos faça força e choro dentro de cada ambição desejada. **Estamos chegando ao fim da viagem, senhores, hora de retornar o assento, de afivelar os cintos e travar a mesinha. Hora de seguir sozinhos sem olhar para trás. Hora de chorar**

baixinho, de admitir as saudades, de pedir piedade ao tempo que não deixa de correr.

Eu sempre acho que os celulares modernos são os *tamagoshis* versão reformulada, bichinhos de estimação virtuais que precisavam ser alimentados e cuidados de minuto em minuto e que geravam uma dependência a ponto de serem proibidos nas escolas. E hoje em dia é mais ou menos isso. Ficam todos alimentando seus *tamagoshis* com aplicativos e virtualidades para (contradizendo um pouco o brinquedo original) que a gente não morra de aflição e de tédio.

Eu vou por aqui com o meu na mão, a fresta proibida aberta, a chuva cantando lá fora, a gente protegido aqui dentro, o sono de alguns embalado com o barulho da água correndo. E vou gritando em silêncio, através das palavras que se acomodam fora de mim. Que me tiram o sono e me deixam em estado de encantamento com a vida que a gente carrega por esses caminhos de nós mesmos.

ARAPIRACA,

interior de Alagoas. Foi um show um pouco triste. Nosso primeiro show sem o DJ que nos acompanhou desde o início de tudo. E ficou um vazio no palco, não somente pelo espaço físico que sentia saudade da mesa do Fab7, mas pela falta que ele e seu jeito menino de interagir com as músicas faziam.

Cortes de orçamento, é o que nos explicam, e vão cortando também os amigos que a gente faz ao longo desse mais de um ano juntos. Estamos no ônibus, a equipe vai amanhã cedo para Aracaju e nós partimos hoje a noite, porque o hotel foi invadido pelos fãs e não se pode dormir. Acabou que do contratempo sobrou o ônibus dos Rebeldes vazio.

Nós seis, três seguranças, nossa produtora e o motorista lá embaixo, acompanhados pela noite escura, vamos cruzando as fronteiras, porque amanhã mais público nos espera.

O ócio e o vazio, mais as saudades que cada um sente dos seus, nos aproximam. E logo a roda de violão está formada. A Sophia ganhou um violão rosa de presente e é nele que, numa imagem máscula, Chay Suede assume os acordes.

A gente fala das musicas antigas: Aquela, aquela que vocês fizeram outro dia na piscina. Chay nos mostra uma com jeitinho de história de amor: *Nunca mais te esquecerei, você é a rainha, eu sou rei. Perto de você me calo, tudo penso, nada falo.* Depois rola uma jogo de palavras em forma de música, com as ruas famosas de São Paulo.

E lá vamos nós, recheados de sonhos, embalando o sono da Lua, fazendo letras, compondo a história. Cada um tão cheio de vida, tão cheios de ideias e de futuro.

É o jeito destemido da juventude imaginar, é o jeito divertido da gente achar que pode, como faz com as músicas, encontrar as rimas dos refrãos das nossas vidas.

NATAL,

Os seguranças abriram a porta do ônibus e pediram que um por um saíssemos para o *lobby* do hotel.

Fomos acordando aos poucos, ouvindo a euforia dos fãs que nos esperavam na entrada. Todos sonâmbulos, com o mau humor matinal já conhecido e respeitado no silêncio que se estabelecia entre os seis logo pela manhã. Estávamos em Natal e na véspera todos falavam ansiosos dos passeios de *buggy* tão tradicionais por lá. Ansiedade naquele momento substituída pela vontade de dormir até a hora do show. Lua Blanco (uma grande entusiasta pelos cafés da manhã) nos arrastou para o desjejum e foi, debaixo de imensos óculos, que plantou a ideia. Nessas horas a gente sonhava que óculos que cobrissem a cara toda estivessem na moda. Ela tinha razão, não sabíamos quando voltaríamos, e perder a oportunidade de descer de "eskibunda" não parecia muito inteligente.

"Eu estou cansada de conhecer o quarto de hotel e as cidades pela janela", ela argumentou. E foi assim que, mais por preguiça de contradizê-la, subimos, colocamos as roupas de banho e descemos até a recepção.

Logo em seguida chegou o *buggy* e era hora de voar pelas dunas, imensidão de pedacinhos do mundo que fazem poeira juntos. Dividimos o grupo em dois carros e fomos naquele balanço, a adrenalina nos acordou rapidamente e não hesitamos em escolher "com emoção" (que é mais ou menos quente ou frio, na expressão baiana, que naquele caso mede a quantidade de loucura). Acredite, um acarajé quente não é um acarajé aquecido. Foi um dia de vento batendo no rosto, de liberdade nas alturas, de superar o medo. Às vezes, ficava perigoso, e nas curvas a gente se segurava. Formando um grupo sólido e unido que precisava uns dos outros para não cair.

Paramos por um momento num oásis, e até camelos faziam parte da paisagem do Leste potiguar. Achei que a gente tinha se perdido pra sempre naquela vida de areia, naquelas paisagens escondidas, na casa dos gaviões e onde moram os cajus mais docinhos.

Pois eu estava lá perdida-encontrada, querendo me despertencer e pedir abrigo para o deserto, e encontrei duas corujinhas incomodadas com o barulho das pessoas. Elas olhavam arregaladas para dentro de mim, com aquele olhar de quem já viu de tudo um pouco, com aquele jeito de quem sábio avisa. Fui chegando perto, querendo perguntar da vida, quase esquecendo que não era coruja. Uma delas partiu, pra perto, mas partiu sem querer fazer amigos. E teve a que ficou, sempre tem na vida da gente aqueles que ficam. Ela me olhava me duvidando, me percebendo, me achando muito humana naquele andar pequenininho; a boca apertada pra não falar nada que não devesse. Era uma coruja assustada, os pezinhos dela estavam a todo momento prontos a levantar em rasante, mas seus olhos não deixavam. Meu Deus, como me olhava profundo. Parecia que me entendia por inteira, e não fugiu porque percebeu a menina que morava dentro de mim e até gostou um pouco dela.

Me lembrei daqueles olhares que perfuram. Quem nunca se perdeu neles? Quem nunca foi devorado através de janelas castanhas, esverdeadas, ou por aquele azul que não se tem como pintar?

Já era tempo de voltar para o resort, pois sempre tem a hora que é preciso se encontrar com o mundo ou se perder daquilo que mora lá dentro da gente e que ninguém mais conhece.

E eu fui indo meio boba (poesia e bobeira são grandes amigas) com todo aquele encontro de olhares dentro de mim.

Fiquei pensando... Acho que as pessoas que ficam na vida da gente são um pouco coruja. Estão sempre prontos para partir, porque é menos dolorido ir desvendando superfícies de areia nova e porque a vida é parte feita de despedidas. Mas às vezes os olhos não deixam que voem, pedem que fiquem, imploram, fixam de um jeito novo e brilham. E como o raio de sol nas areias, como a luz da lua no mar sereno, vão transformando amarelo em dourado, azul em prateado, dúvidas em certezas e meninos em grandezas.

A NOITE COMEÇA A CAIR

e da janela do hotel em Fortaleza eu posso ver o mar em uma plenitude cinza de quem também anoitece. A lua ilumina os barcos e lanchas ancorados na enseada, e uma música me chama, distante, quase me convidando a fazer parte dela.

Dá para ver pessoas pequeninas, em pé esperando, e eu poderia jurar que estão extasiadas com tamanha beleza nessa noite de verão. Ao longe, uma lancha vem furiosa cortando as águas. Traz um vulto branco consigo e acho que daqui até consigo perceber (ou seria imaginar?) um sorriso. O vento leva invejoso as camadas de tecido, como querendo roubar um pouco da beleza da noiva. Então, na proximidade dela, as cordas acordam e o piano chora.

Um choro de amor e de felicidade. De quem espera, sonha, de quem tem uma vida pela frente. E, nessa noite, as águas são serenas e parecem dançar no ritmo da música, o vento venta na medida para não desnudar as moças ou bagunçar muito os seus cabelos. As gaivotas planam no silêncio, cantando também ao seu jeito, como testemunhas do céu junto da lua. Pois nessa noite uma vida cruza oficialmente outra. E a partir daqui tentarão (com a receita que cada um descobre) fazerem felizes um ao outro e não esquecerem do dia em que juraram amor para as águas e para o céu, que silenciosos os abençoam. Que sejam felizes, enquanto o amor for para sempre.

Os barcos ancorados na marina choram à noite. Um choro sofrido, ritmado pelas cordas e correntes de quem não foi feito para estar preso. Um choro pequeno, cansado e sôfrego como a criança que chora baixinho para não acordar ninguém com vergonha da sua dor. Às vezes, parece que as águas tentam em vão levá-los embora. Águas que compactuam com a vontade de poder ir sem amarras. Elas adormecidas, cansadas de durante o dia correr, balançam discretamente nesse socorro proibido. E nessa hora os grandes barcos e as pequenas lanchas se encontram nessa tristeza. Porque eles sabem que ganham alma quando estão navegando em liberdade. Porque eles sabem que foram feitos para partir o mar e deixar amores molhados nas correntezas com esperança. E porque sabem, mesmo que seus cascos estejam cansados e castigados pelo sal, que sua vida não floresce quando não se tem horizonte.

TERESINA,

39 graus. Mas a gente tem certeza que faz mais de 45. A impressão que dá é a de que o sol tirou férias exatamente sobre a cidade e ficou lá apenas enviando raios por correspondência, deixando o vento tão em fogo que a gente foge mais da brisa do que da falta dela.

A fome nos recebe na chegada da cidade, e lá vamos nós desbravarmos os restaurantes dos cantos distantes. A comida é boa e farta, tem tempero variado, e não falta o bom arroz e feijão (pedido número um) que nos faz lembrar um pouquinho do gosto da comida de casa. Na saída, apressamos o passo para sair de um ar condicionado e entrar logo na van nos esperando refrigerada. E eu vou ficando para trás, amansando a caminhada, aguçando os ouvidos.

É que lá fora, na hora do almoço de alguns funcionários, todos de uniforme ainda, com suas toucas e aventais, ensaiam uma música conhecida. Eles tem pastas nas mãos e um maestro rege timidamente aquele canto despropositado. É noite feliz e eles cantam baixinho, abrindo vozes como quem pede licença para colorir a melodia. Garçons e cozinheiras cantam *Noite Feliz* abençoados pelo calor que faz lá fora.

Em breve será natal e aquela música rasga o meu peito, molha os meus olhos. Todos ficam mudos (coisa rara entre seis muito falantes). Sabemos que o Natal se aproxima. Como um milagre, ouvimos um pouco daquele ensaio, cada um nas lembranças que essa época traz. Em breve será Natal, e, neste ano, estaremos com os nossos. Acho que a melodia invadiu as nossas lembranças e nos fez silêncio e alegria sob o sol de Teresina.

SENTAMOS EM UMA MESA

na praça de alimentação. Eu precisava adiantar algumas compras de Natal e aproveitei a brecha entre a chegada em São Luís e o início da maquiagem para fazer isso. E ele veio comigo, alma gêmea da minha gargalhada. Nosso segurança Xepa, que é tão pequeno dentro de um corpo tão grande, que virou nosso amigo e cuidava da gente como se cuidasse dele mesmo. Fiz o convite e fomos fazer um lanche, falando das coisas da vida, das histórias que essa época desenterra. Ele comia um sanduíche de trinta centímetros e o recheio ia caindo a cada mordida, que fazia o lanche ficar pequeno. De repente, contou que trabalhava como Papai Noel nos Natais. E foi rindo das coisas absurdas que já aconteceram. Nós dois ecoando pelo espaço, rindo alto e livre sem lembrar que não estávamos em casa. Foi então que ficou calado, os olhos brilhantes, a voz fugidia. Lembrou que um dia um menino no seu colo pediu para que *o papai nunca mais batesse na mamãe*. E de outro que disse que já tinha presentes demais e que queria que todas as crianças pudessem ser felizes e presenteadas naquele ano. E nós choramos, com os corações apertados, sabendo que a vida é mais dura do que as crenças natalinas e desejando que o mundo seja um pouco criança, de pedidos inocentes e verdadeiros, nessa época de tanta festa e de tantas diferenças.

BRASÍLIA,

na frente da minha varanda, vejo centenas de outras. Várias de um vidro bonito que refletem a luz do sol. Todas iguais. Finalizadas pela cortina padrão e pelos ares condicionados. Caixinhas que garantem um pouco de ar menos seco e quente na atmosfera da capital federal.

Acordei meio perdida, no horário e no onde, e logo abri a varanda. O cansaço da chegada era tanto que eu ainda não tinha descoberto aquela brecha, assim como mal tinha conseguido abrir os olhos. Fiquei observando aqueles pequenos espaços onde as vidas tomam ar.

De um lado para o outro, um homem falava loucamente ao telefone, num curto trajeto, a agonia sob medida. Uma mulher sentada no chão, as costas apoiadas no vidro, segurava com as mãos o peso dos pensamentos. Um menino brincava de bola, uma brincadeira curta e solitária, a limitação do espaço interagindo com ele.

Do outro lado da rua, outro prédio era construído, muito parecido, com o espaço contado, várias outras varandas ficando prontas, o mesmo vidro, a mesma metragem. O aperto irmamente dividido. Resolvi olhar ao meu redor e constatei que eu mesma fazia parte de apenas uma de inúmeras outras caixinhas com vidas independentes.

É muito engraçado perceber que dividimos as mesmas paredes com quem mal sabemos o nome. E os vizinhos são quase sempre como uma visita desagradável, tão próxima e tão distante das nossas vidas. Quem nunca esperou o silêncio nos corredores para então abrir a porta do apartamento?

O telefone tocou e era a Carol, nossa produtora maravilha, que salvou as nossas vidas quando entrou no projeto. "Bonita", ela disse com aquele sotaque paulista, "tá na hora do seu *make*".

Fechei a janela, fechei a cortina, não sem antes tentar entender a imensidão do mundo e a pequenice da gente. E, aos pouquinhos, é um por um. É de historias em histórias vividas nos lugares que nos cabem, que construímos o mundo. Assim como, uma por uma, aquelas varandas constituíam um prédio inteiro.

A sujeira da cidade não vaga pelas ruas. Não é nas calçadas que ela se acumula, nem nos bueiros que ela se esconde. A sujeira da cidade mora nos topos dos prédios. Nas telhas quebradas e infiltradas. Nos telhados que colecionam dejetos de pombo, nos varais que disputam espaço com as antenas e secam intimidades. Pequenas ilusões protegidas. Piscinas sujas que são aquários expostos para os prédios mais altos. Fiação solta, butucas de cigarro, comida putrefata que alguém esqueceu por lá, lixo abandonado, mofo e ferrugem. Caixas d'água desbotadas, rachaduras.

O horizonte fica à parte.

Pedaço de Deus no meio dos escombros dos homens. Vida compartilhada e feliz que se assegura no topo das construções. Casamentos terminados, velhice que chega sem avisar, doentes que acabam os dias em frestas de sol e prisão nas alturas.

Percebi olhando longe na vertigem de quem queria experimentar voar, na melancolia de quem liberdade apenas almeja.

Os telhados tem pedaços de história segmentados e partidos, são chapéus de vidas, proteção fantasiosa do receio que temos do mundo.

Se os farelos falassem, seriam sujeira que narra. As coberturas iludem a liberdade.

Espaços imaginados de rotina que respira. Conversas em segredo protegidas por vidros grossos.

O horizonte urge lá fora. No cimento mais alto a vontade de se perder das limitações. Margens cortam o sentido dos homens. Sonhar é achar que o voo é possível.

Telhados escondem segredos e histórias. Telhas quebradas que consertam vidas partidas.

O distante clama a vida. A limitação nos proíbe.

DA JANELA DO HOTEL EM BELO HORIZONTE,

pode-se ver um viaduto. Debaixo dele, a cidade descansa. Por cima dele, a cidade passa, os carros vão e vêm. Mas, por baixo, o lixo, a sucata que ninguém mais quer e algumas pessoas repousam. Ali mora o que ninguém precisa, aquilo que as cidades desejam esquecer. Tapete da grande metrópole que esconde a sujeira onde não nascerão cartões postais, não passarão os guias mostrando a beleza que a cidade oferece e, na casinha improvisada, esta noite, o jantar deve passar longe do tradicional sabor mineiro. Quantos sonhos são ninados pelo barulho do viaduto? Quanta poeira cansada de vagar por ali se acumula? Sonhos estancados, vontades reprimidas.

A gente, que mal consegue ver a beleza das cidades pelas quais passamos, às vezes, esquece das tristezas que moram em todo lugar. E essa noite, nesse viaduto, outros iguais a nós repousam seus pensamentos, suas ideias tão cheias de sonhos remotos. Eles estão cansados de perambular sem rumo, cansados de gritar e de seus gritos serem abafados pelo barulho da metrópole. Cansados de carregar com o seu suor e a sua força os pilares da cidade. Os pilares de cimento e aqueles que não se pode ver. Os pilares construídos pelos invisíveis deste mundo.

ERA O ÚLTIMO SHOW

no Rio de janeiro. O último show onde tudo começou. Na cidade que abraçou os que vieram de longe e cruzou seis vidas com uma equipe maravilhosa que nos acompanhou nessa caminhada.

Famílias, amigos e amores estavam lá. Todos se despedindo junto com a gente. A casa lotada, lágrimas de saudades antecipadas brotavam na multidão e no palco, abafadas pelas luzes e pelos sons. Abafadas dentro de nós mesmos pela vontade de não mais ir embora.

Um pouco antes da casa abrir, a banda passava o som e eu fui sendo levada pela música, desvendando o caminho para o palco através da magia das notas e dos arranjos em harmonia. Fui tateando no escuro os panos pretos das coxias e as possibilidades, andando devagar, sem enxergar nada, só vendo através dos ouvidos.

Com esse jeito que a música tem de fazer a gente se perder dentro dela, essa arte de encantar as palavras, de hipnotizar os ruídos. Esse reconhecimento que acontece com o adormecido.

Onde o som encontra o espelho na nossa história, vai percorrendo os caminhos que já vivemos, vai arrepiando nossas lembranças e parece que nasce no ínfimo das nossas vidas.

Eu sempre achei que as músicas têm, assim como a água, o dom de preencher o mundo, e vão entrando nas frestas e nas fechaduras. Pegam carona com o vento, fazem bagunça nos nossos cabelos, viram água calada nos mais fundos olhos e se misturam com os cheiros da nossa pele.

Lembro de ser acordada assim na infância. Minha mãe apenas deixava que as músicas falassem. E elas sussurravam bom dia nos meus ouvidos, entravam tímidas feito os raios pequeninos de sol e me beijavam a vida que começava em cores logo pela manhã.

Pois naquela hora eu me senti em casa e até fechei os olhos para poder me ver por lá. Acordei num sábado ensolarado, com cheiro de café e de erva mate. Com os meus festejando a minha estada. Com a música me levando livre nessa viagem pela lembrança.

Os meninos da banda tocavam, eles que são tão importantes para que tudo ocorra bem. Eles que mesmo às vezes, no escuro, nos dão o tom e a segurança para que não tenhamos dúvidas. Eu fiquei de longe ouvindo, escorei a cabeça e o cansaço. A casa ainda vazia, eu por dentro tão povoada.

Depois perguntei o que tocavam. Tão diferente do que costumávamos deles ouvir. "Um chorinho chamado *Odeon*, de Ernesto Nazareth", respondeu o Baiano, nosso baixista.

Um chorinho, eu pensei, e foi então que fiz jus a palavra e sequei disfarçadamente uma lágrima lenta que me aquecia o rosto. Uma lágrima lenta que era a musicalidade e tudo o que ela carregava, encontrando o que eu tenho por dentro e virando água para poder correr em mim.

Atravessamos uma estrada molhada. Chove torrencialmente lá fora, fazendo com que a imagem através do vidro pareça um borrão de aquarela. As gotículas quase furam a janela, escorrendo logo depois que percebem que a entrada é proibida. Fazem uma trilha interessante, descaminhos confusos, chacoalhadas pelo vento e pelo movimento.

Cruzamos a chuva em fúria. Cada um segurando onde pode. Há os que dormem profundamente e há os que ficam acordados, em silêncio, pedindo que as trovoadas cessem.

VIAJAMOS A MADRUGADA INTEIRA.

Chegamos, tomamos café da manhã e voltamos a dormir, os horários invertidos e a vida lá fora escurecida pelas cortinas do quarto de hotel. Depois era hora de fazer maquiagem e cabelo, acordar, tomar banho, almoçar às três da tarde. No quarto da maquiagem, silêncio.

A televisão anunciava uma noite de tragédia no Sul do Brasil. Uma boate em Santa Maria pegou fogo e até agora já são mais de 200 mortos confirmados. Cada um que chega no quarto tem mais informações. Uns falam dos seguranças que proibiram a saída dos que não tinham pago a comanda, mesmo com a casa já em chamas. Outros falam da casa, que tinha alvará vencido desde o ano anterior e nenhuma estrutura para acomodar mais de mil pessoas.

O noticiário mostra a presidenta Dilma dando apoio aos cidadãos e aos pais que perderam seus filhos. Sophia entra no quarto e lamenta conosco. Fala que durante a retirada dos corpos os celulares tocavam desesperadamente. Eram os pais que tentavam, em vão, contato com os filhos.

Familiares que se agarravam na esperança de que eles voltariam para casa. Pais aflitos desejando a sorte de não ter a vida invertida. Lembrei de quantas vezes saí de casa com os amigos na minha adolescência, deixando o quarto uma *zona*, roupas pela cama, maquiagens espalhadas.
Quantos pais terão que arrumar a bagunça dos filhos sabendo que eles jamais voltarão? E entenderão tão bem as palavras de Chico Buarque que dizem: "Saudade é arrumar o quarto do filho que já morreu". Estamos todos cabisbaixos, maquiando os olhos opacos e a tristeza que resplandece no rosto.

Em breve temos show e é alegria o que as pessoas esperam. A vida segue, o tempo passa e as marcas do mundo vão se cravando dentro da gente. Vão nos ensinando que a vida é efêmera e voraz como a força do fogo, e que é preciso não esquecer da fragilidade humana perto da dureza do mundo.

A CIDADE ACINZENTADA,

tão cheia de gente, tão sem horizonte. Vidas que tentam brotar em meio a um jardim de pedras.

Chegamos a São Paulo em um dia de sol de férias, layout de inverno no meio da primavera com ares de verão. Faz um calor abafado como os gritos dos pequenos esquecidos das grandes metrópoles. É dia de lançamento do novo CD e a coletiva de imprensa espera paciente que as meninas terminem de se maquiar.

Ficamos lá respondendo perguntas, rindo do tempo, das coisas que parecem tão atrasadas no tempo da gente. Se cutucando por de baixo da mesa, pra comentar depois um absurdo e outro.

O novo CD está lançado. O último CD está lançado. E é provável que ninguém tenha percebido que é a nossa última coletiva. Depois das fotos para a imprensa estamos cada um no seu quarto.

A cortina desvenda uma São Paulo em movimento. Uma Paulista em branco, preto e cinza. Cor de domingo chuvoso desses que dá vontade de esfregar os pés na coberta velha de casa. Uma Paulista que corre em todos os sentidos, com seus sons e lamúrias abafadas pelo vidro grosso da janela do hotel.

Compactuando com as nossas dores, também sempre abafadas pelos barulhos da vida. Choros de saudade que a solidão seca. Lágrimas de alegria que os palcos abafam e ninam no meio de tanto som. Somos uma mistura de nostalgia com felicidade. É um dos últimos e em breve teremos o tempo todo para a gente e para os nossos projetos individuais.

E em breve teremos o tempo todo para sentir o que a rotina esquecera de sentir. E vamos lamentar com o coração apertado o tempo que não volta mais. Tempo menino, de sonhos grandes e alma leve. Tempo envelhecido com as verdades desta vida. Coisas de ouvir avô falar: que tudo passa, que nada volta e que a gente fica para lamentar as saudades.

Estrada eu sou. Estrada eu vou. E o que seria da estrada se não fosse o movimento? Que triste ou que doce sina levar a todos os lugares sem nunca neles estar. Tenho aprendido com ela que é a espera que edifica o tempo, que o estático pode ser inquietude e que o silêncio conta histórias nesses ermos esquecidos. A estrada nos pertence. Ou somos nós que já fazemos parte dela?

UM BARULHO ANUNCIA A CHEGADA DE UM E-MAIL.

Abro a caixa de entrada e encontro isso:

Galera,

Mais de um ano se passou e nós fizemos mais de 70 shows juntos, mais de 40 cidades e todas as regiões do Brasil.
Passamos por tudo isso às vezes de bom ou mau humor, brigamos, brincamos, sorrimos e bebemos juntos.
Quando eu entrei nesse projeto encontrei muito trabalho a ser feito com seis artistas, hoje estou me despedindo de seis amigos.

Muito obrigada por permitirem isso.

Sucesso imenso a todos vocês.

Grande beijo,

Carol

P.S.: Teve consumo de frigo? BORA GALERA!!!

Ontem soubemos que o show de fortaleza havia sido cancelado, fazendo a despedida não acontecer. Eu que odeio esse momento, sinto um certo alívio e imediatamente uma melancolia profunda.

O e-mail da Carol, nossa grande amiga e produtora, me perfura como uma faca. Choro sem conseguir parar, tentando visualizar as palavras que brotam desse mar de Solidão.

Nunca mais subiremos no palco como Rebeldes. Nunca mais da mesma forma esse carinho se repetirá.

Um novo ciclo começa, eu sei. E é por isso que deixamos esse adormecer. E, como um beijo no sono de quem amamos, repouso o meu amor em tudo e em todos que fizeram parte disso. Uma vida inteira pela frente, sabemos disso. **Mas agora é hora de fechar a última página deste Livro das Nossas Vidas. Eu, ainda em lágrimas, só sinto uma vontade. A de agradecer por ter conseguido seguir essa estrada: Muito, mas muito obrigada.**

SEGUNDA-FEIRA, MAIS DE SEIS DA TARDE.

Olho pela janela e vejo o caos pacientemente organizado. Filas e mais filas de carros, que juntos são mais lentos do que as bicicletas. Motos que buzinam irritantemente para que ninguém se esqueça delas. Ambulâncias que tentam correr para salvar vidas em perigo. Motoristas que as seguem achando engraçado tirar proveito da má sorte dos outros. Escoro a mão no rosto e observo o mundo tentando andar lá embaixo. Nos carros e nos meios de transporte, homens e mulheres apenas querem chegar em casa, rostos e mãos se encontram nessa solidão barulhenta. Acabo de ler o que daqui a alguns meses virá a ser o meu primeiro livro. Meu estômago se revira, meus olhos brilham de felicidade. Realizar sonhos é coisa muito rara. "O texto de encerramento", eu penso. Martela na minha cabeça há meses o que escrever para finalizar esse primeiro grande degrau da escada que quero subir. A verdade, e apenas me dou conta disso aqui, dividindo a problemática, é que odeio despedidas. E encerrar, finalizar, colocar o ponto final, representa dizer tchau a esse momento que faz de mim escritora, que me deixa indefesa e maravilhosamente desarmada por oferecer o que há de menos maquiado e escondido através das minhas verdades.

Percebo, olhando pela varanda, que dentro de cada carro, que dentro de todos os ônibus e nos passantes que compõem o cenário de mais um dia de trabalho que chega ao fim, há histórias infinitas e interessantes para contarmos. Sempre pensei nos outros dessa forma. Muitos e muitas com tanto o que dividir, cada ser com sua estrada e seus caminhos. Com tanta riqueza para compartilhar comigo, mesmo que eu nunca chegue a conhecer a maioria deles. **Mas preciso me despedir, eu penso novamente. Será mesmo que preciso?** Seria possível entender cada pessoa que compõe o mundo? Seria possível fazer a vida deles caber nas minhas mãos? Ou nos meus livros? Ou numa biblioteca inteira? Seria possível e preciso dizer adeus se acabo de apenas começar?

Meu texto é muito difícil de enquadrar, eu ouvi outro dia. E foi assim que a palavra *Inclassificável* batizou minha primeira criação. **Eu estou apenas publicando. Convidando o público para ser gerúndio comigo. Oferecendo, experimentando, tentando, encorajando. E é por isso e porque também acho que poucas coisas na vida tem de fato final, que não me despeço, nem faço um prólogo para explicar tudo o que vem antes. Vou continuar bebendo dessa fonte que um dia disse que meu texto era muito difícil de classificar, e inclassificar assim também este momento.**

O mundo, a vida, as pessoas, aquilo que observamos da nossa janela e aquilo que escondemos dentro dela não são enquadráveis. De margens já basta o Sistema. De papel para assinar já basta a burocracia. Aqui nada precisa ser autenticado em cartório. Basta a autenticidade dos homens e a minha esperança de voltar em breve para mergulhar em devaneios. Vamos juntos a confundir certezas. Não me despeço por aqui pois a varanda segue aberta. E há um mundo inteiro para desclassificar lá fora.

O texto desse livro foi composto em The Serif Semi Light,
corpo 10, e impresso em papel Avena 80 g/m2 pela Edigráfica.